献给那些帮助他人的人。

——杰姬·弗兰奇

献给那些非凡的护士和护理人员，他们在我们无法照料自己的时候照顾我们。

——布鲁斯·沃特利

图书在版编目（CIP）数据

大流行 ／（澳）杰姬·弗兰奇著 ；（澳）布鲁斯·沃特利绘 ；程雯译 . — 北京 ：北京联合出版公司，2021.3（2021.12 重印）
ISBN 978-7-5596-5017-7

Ⅰ . ①大… Ⅱ . ①杰… ②布… ③程… Ⅲ . ①儿童故事－图画故事－澳大利亚－现代 Ⅳ . ① I611.85

中国版本图书馆 CIP 数据核字 (2021) 第 015262 号

PANDEMIC
Text copyright © Jackie French, 2020
Illustrations copyright © Bruce Whatley, 2020
First published by Scholastic Australia Pty Limited, 2020
This edition published under license from Scholastic Australia Pty Limited
Jackie French asserts her moral rights as the author of this work
Bruce Whatley asserts his moral rights as the illustrator of this work
Simplified Chinese translation copyright © 2021 by Beijing Tianlue Books Co., Ltd.
All rights reserved.

大流行

著　者：［澳］杰姬·弗兰奇
绘　者：［澳］布鲁斯·沃特利
译　者：程雯
出品人：赵红仕
选题策划：北京天略图书有限公司
责任编辑：夏应鹏
特约编辑：杨娟
责任校对：钱凯悦
美术编辑：刘晓红

北京联合出版公司出版
（北京市西城区德外大街 83 号楼 9 层　100088）
北京联合天畅文化传播公司发行
北京盛通印刷股份有限公司印刷　新华书店经销
字数 3 千字　787 毫米 ×1092 毫米　1/12　$2\frac{2}{3}$ 印张
2021 年 3 月第 1 版　2021 年 12 月第 2 次印刷
ISBN 978-7-5596-5017-7
定价：39.00 元

PANDEMIC 大流行

[澳]杰姬·弗兰奇◎著

[澳]布鲁斯·沃特利◎绘

程雯◎译

北京联合出版公司
Beijing United Publishing Co.,Ltd.

没有人确切知道"西班牙大流感"是从哪里开始的。
或许是源自1917年或1918年堪萨斯州的一个军营。

战争把流感带到了全世界……
当战争结束时，士兵们又把它带回了家乡。

流感从一户人家蔓延到另一户……
它从观看足球比赛时陌生人的
一声咳嗽传开，溜进学校的教室，
潜伏在病人摸过的门把手上。

人们开始戴起了口罩。

商店、剧院和学校的大门上
纷纷挂起了牌子，
　　　宣布他们——
　　　　　　　"关门停业"。

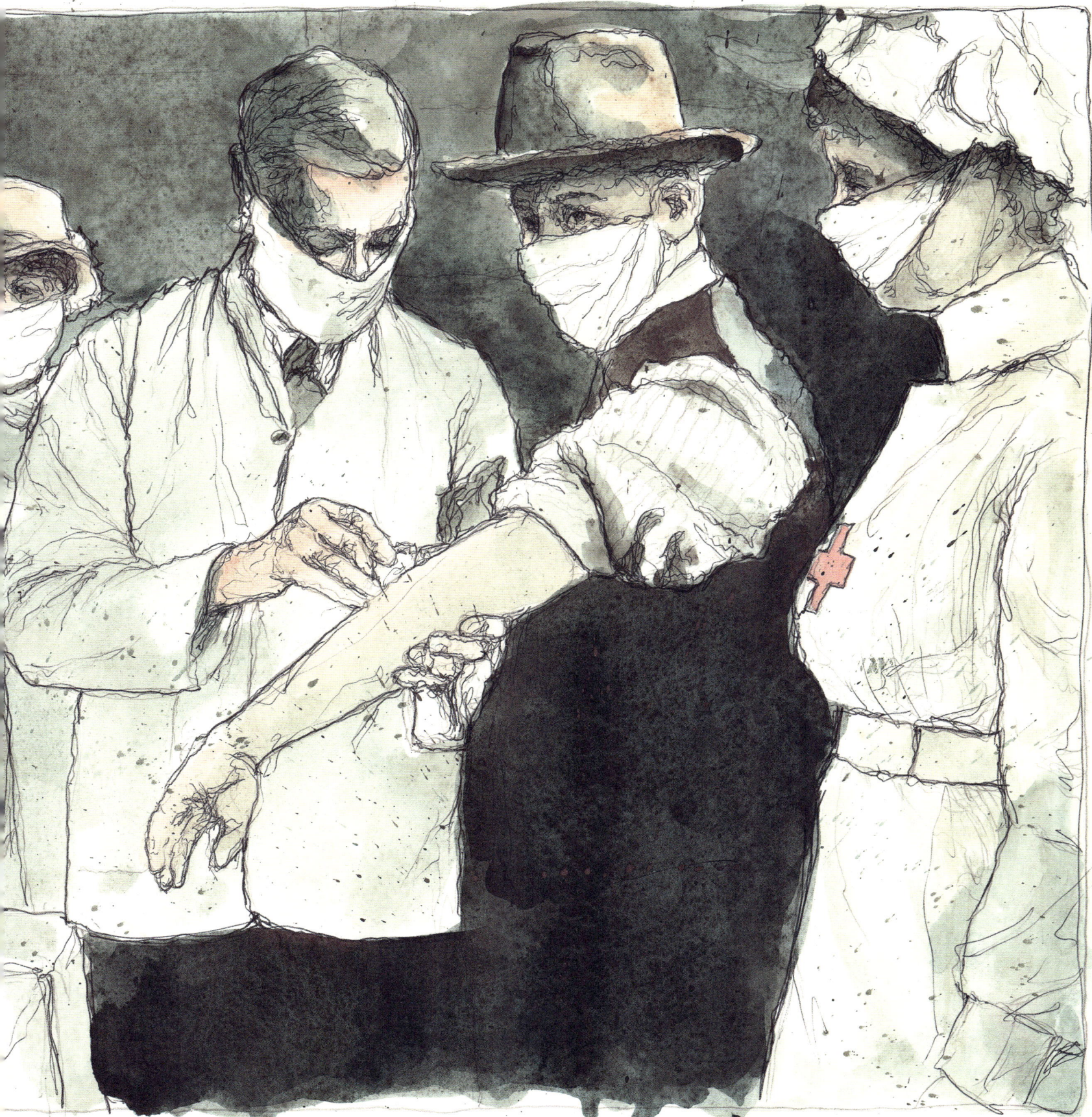

到处都显得冷冷清清，因为大人们为了阻止病毒传播都不再出门。
小狗在空无一人的街道上流浪，没人喂食的小鸡咯咯乱叫。

那些需要照顾病人的家庭会把他们的窗帘拉上，
以此表明自己家正在隔离之中。

但是，一位女士——
她有一天会成为我的曾祖母，
对那些家里没有人被传染的孩子说：

"人们饿着肚子是没有办法康复的。"
她说："而且还得有人给奶牛挤奶，
得有人喂小狗。"

于是，这些兄弟姐妹骑上他们的
自行车或小马驹，
穿过空荡荡的街道去帮忙。

泰迪和阿瑞娅给悲鸣的奶牛们挤奶，
这些奶牛的主人由于身体虚弱没法照顾它们。

然后，他俩推着大桶的新鲜牛奶，
一家一家地把留在后门阴凉处的
瓶瓶罐罐倒满。

利奥和汤姆负责喂小狗，甚至还小心翼翼地
喂了麦克塔维什先生的那条"大汪"……

梅布尔和艾莉亚喂母鸡、收鸡蛋，
母鸡们满意地咕咕叫着。

杰克和阿米丽亚查看牛、羊和马，
确保袋熊们没有把围栏弄出窟窿，
以免小羊羔跑丢。

哈米什、托比和妮娜给花园除草，
把成熟的水果和蔬菜都采摘下来，
以免烂在地里。他们把水果和蔬菜运到……

……我的曾祖母家，放进她的大铜盆里，
好让她做成大份的炖菜、香葱土豆汤、
香蕉牛奶蛋糊，还有能缓解喉咙痛的
柠檬大麦汁。

特尔玛和布赖斯帮忙搅面团。然后，他们
给小马驹套上车，去把食物放到有需要的
人摆在台阶或走廊上的炖锅里。

"人的心灵也需要粮食。"我的曾祖母一边说着，
一边摘下瑞香花的嫩枝和篱笆上的玫瑰花。

家家户户收到了书籍、报纸或杂志，还有汤、水果、鸡蛋、
牛奶和柠檬大麦汁……上面还摆着一枝鲜花。

渐渐地，一户又一户的
"隔离窗帘"拉开了。
人们相互之间保持距离的
时间已经足够长，
流感不再能传播。

病毒逐渐减少，

最终消失了……

……全球的疫情结束了。

1920年，人们用巧克力椰丝蛋糕、小松糕和果酱
举办了一场盛大的庆祝聚会，
甚至还用装着干冰的大帆布袋
从城里运来了冰激凌。

市政厅挂了一块巨大的牌子，向每一位曾日复一日骑着自行车或小马驹，
沿着冷清的街道去帮忙的孩子致意。

上面写着"谢谢你们"。

隔离和善良互助赢得了胜利！

谢谢你们

除了个别的细节，这基本上是一个真实的故事。祖母常常跟我讲起她和她的哥哥梅尔夫，是怎么和曾祖母组织的其他许多孩子一样，在很多人生病的那个时候，赶着小马车或骑着自行车穿过空荡荡的街道的。曾祖父当时是个校长，很可能帮忙组织起了学生们。祖母说，他们那个地区立了一块牌匾来感谢曾祖母，但我问她牌匾在哪儿，她只是说："哦，就在北边。"祖母讲的关于她那个时代新南威尔士州北部的故事，通常都是真的，不过她也会很小心地省略掉故事的某些部分。

传染病和大流行（同时影响世界很多国家的传染病）是很常见的。有些通过隔离就突然消失了，比如西班牙大流感；有些用抗生素这样的新药物就能治疗。我童年时期的那些致命传染病大部分都是靠疫苗控制住的：百日咳、麻疹（我差点儿死于麻疹）、肺结核和小儿麻痹症（脊髓灰质炎）。20世纪50年代，我们街区几乎一半的家庭都有人死于小儿麻痹症或因此病致残。后来，终于有一种有效的疫苗问世了。

由于病毒会进化和变异，所以总会有新的传染病，新的疾病可能会从动物传染到人。但幸好，我们也总有爱和善良，以及阻断疾病传播的古老方式——隔离。

——杰姬·弗兰奇

巧合的是，这本书是我在阿德莱德市的一个宾馆中隔离的两个星期里画的。我使用的创作技法和材料受到这些条件和交稿时间的影响。线稿是用圆珠笔完成的。我以前通常不会用圆珠笔，但我那时拿不到我平时用的画画材料，线稿也需要是防水的，免得褪色。我手头只有几管颜料，所以本书的颜色不多，但我想这些颜色很合适。

——布鲁斯·沃特利

曾祖母的
香蕉牛奶蛋糊

2杯牛奶

1大汤匙玉米淀粉

4满汤匙糖

4个蛋黄

2大汤匙香草香精

1根大香蕉

把玉米淀粉倒进四分之一杯的牛奶里混合，然后倒进深平底锅中与剩余的牛奶混合。小火慢慢加热牛奶，一直搅拌，直到浓到刚刚能挂上汤匙。关火，拿下平底锅。加糖、香草香精，还有蛋黄，一个一个地加，在此过程中一直搅拌，直至均匀。

把平底锅放回到炉子上，开小火，均匀搅拌三分钟。关火，趁蛋糊还热，加入切片香蕉。趁热吃或者放凉吃，味道都很好。放置阴凉处，但最好当天或第二天早上吃完。